桂图登字：20-2013-151

Originally published in the English language in Great Britain by HarperCollins Children's Books, a division of HarperCollins Publishers Ltd, UK, under the title STUCK. Text and illustrations © Oliver Jeffers 2011

Translation © 2014 Jieli Publishing House, translated under licence from HarperCollins Publishers Ltd, UK

图书在版编目（CIP）数据

大树上的难题／（英）杰夫斯著；杨玲玲，彭懿译.—南宁：接力出版社，2014.5
书名原文：Stuck
ISBN 978-7-5448-3458-2

Ⅰ.①大…　Ⅱ.①杰…②杨…③彭…　Ⅲ.①儿童文学－图画故事－英国－现代
Ⅳ.①I561.85

中国版本图书馆CIP数据核字（2014）第096665号

责任编辑：胡　皓　　美术编辑：卢　强　　责任校对：贾玲云
责任监印：刘　元　　版权联络：王燕超　　媒介主理：高　蓓
社长：黄　俭　　总编辑：白　冰
出版发行：接力出版社　　社址：广西南宁市园湖南路9号　　邮编：530022
电话：010-65546561（发行部）　　传真：010-65545210（发行部）
http://www.jielibj.com　　E-mail:jieli@jielibook.com
经销：新华书店　　印制：北京盛通印刷股份有限公司
开本：889毫米×1194毫米　1/16　　印张：2.5　字数：30千字
版次：2014年5月第1版　　印次：2016年3月第2次印刷
印数：10 001—16 000册　　定价：35.00元

大树上的难题

DASHU SHANG DE NANTI

[英]奥利弗·杰夫斯 著 杨玲玲 彭懿 译

接力出版社
Publishing House

献给在那里的人：爸爸、罗斯布德、戴夫布德、哥哥、
另一个哥哥、阿恩、切斯特和桑

事情是这样开始的……

当时小弗的风筝卡在了一棵树上。

他又拽又晃，可是风筝一动也不动。

麻烦真正开始了……

他把自己最喜爱的鞋子扔上去，
想把风筝打下来。

可是那只鞋子也卡住了！

他只好把另一只鞋子扔上去，要把他最喜爱的鞋子打下来。
结果，真让人不敢相信，另一只鞋子也卡住了。

为了把他的另一只鞋子打下来，

小弗抱来了小猫米奇。

猫也卡在树上下不来，
情况变得越来越离谱了。

小弗拿来了梯子。

他要一次性解决这件事。

于是，他把梯子扔了上去。

我敢肯定，你能猜到发生了什么。

梯子可是从邻居那儿借来的，
必须得在没人发觉的时候还回去。

小弗只好把一桶油漆朝梯子扔去。

不用想也知道，
那桶油漆也卡住了。

接下来，小弗试着……

用一只鸭子把油漆桶
打下来。

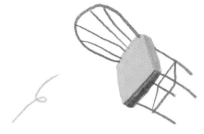

用一把椅子把鸭子
打下来。

用朋友的自行车把
椅子打下来。

用厨房的水槽把朋友的
自行车打下来。

用家里的大门把厨房的水槽打下来。

用家里的车把家里的
大门打下来。

用送牛奶的人把家里的
车打下来。

用大猩猩把送牛奶的人打下来，
这个送牛奶的人肯定有别的地方要去。

用一条小船把大猩猩打下来。

用大船把小船
打下来。

用犀牛把大船打下来。

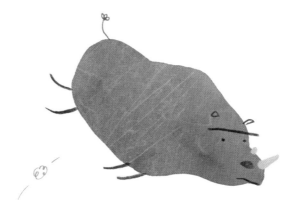

用长途货车把犀牛
打下来。

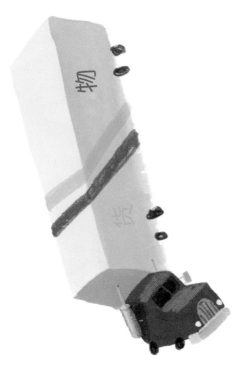

用街对面的房子把长途
货车打下来。

用灯塔把已不在街对面的那幢房子打下来。

用一头在错误的时间出现在错误的地点的
好奇的鲸鱼，把灯塔打下来。

可是他们

全都

卡住了。

一辆消防车经过这里，听到
骚乱，消防员们停了下来，
看看能不能帮上忙。

于是他们都上去了，
先是消防车，

我们可以
帮忙吗?

接着是消防员,一个接着一个。

他们就待在那里，
卡在大猩猩和一艘船的中间。

消防员要是失踪了，
一定会被人发现的。
小弗知道他惹上大麻烦了。

接着他有了个主意，

去找一把锯子。

他尽量瞄准目标，

然后用力朝树上投去。

就是这样！
树上再也没有多余的空间了，
风筝掉下来了。

小弗很高兴。
他把和风筝有关的所有事情忘得一干二净，
马上就玩起风筝来，
这一天过得非常愉快。

那天晚上，小弗睡得特别香甜，他累坏了。
不过，有件事他忘得一干二净……

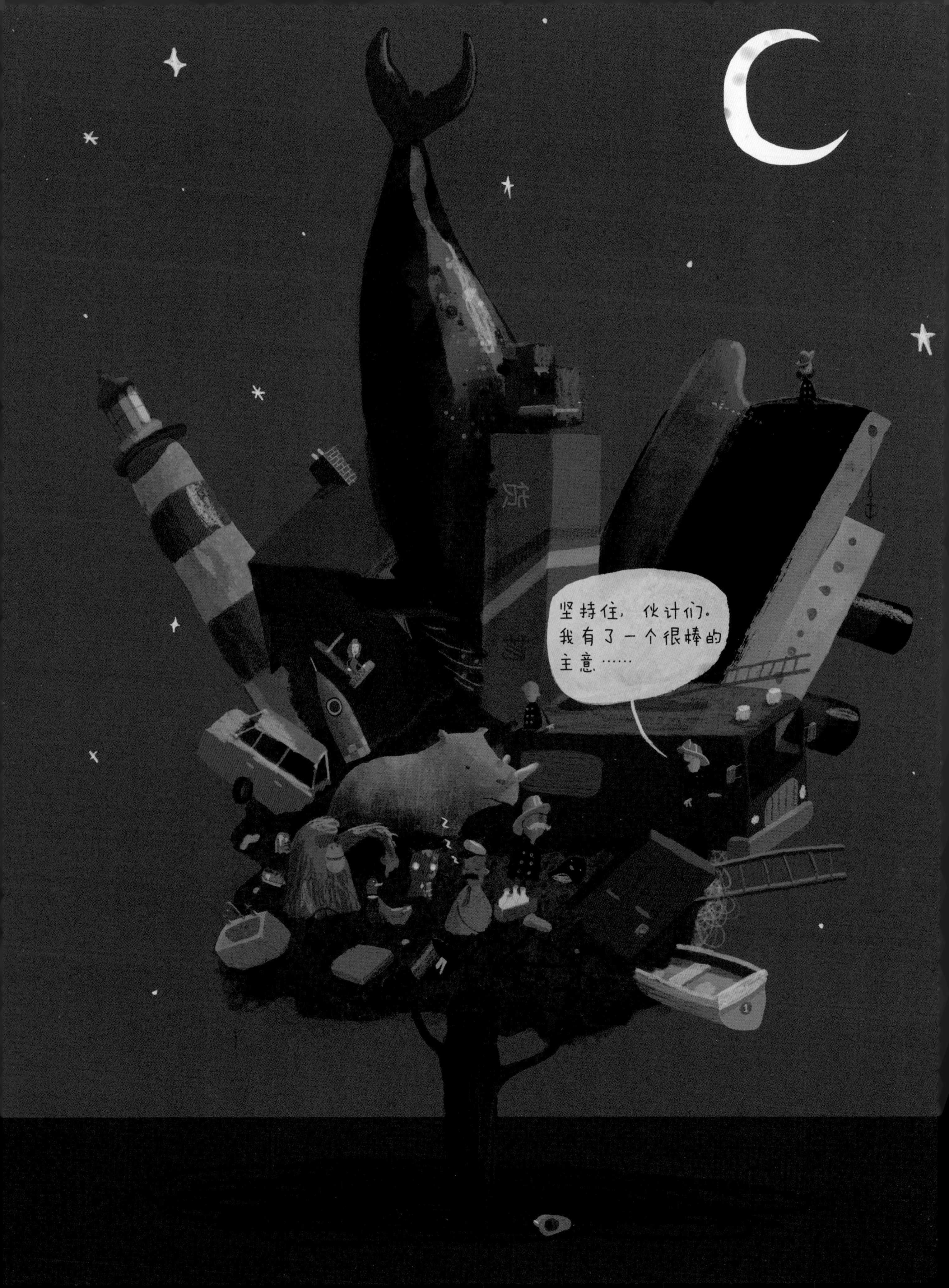
坚持住，伙计们。我有了一个很棒的主意……

卡在树上的大麻烦

中国教育科学研究院　周亚君

　　小孩子在平时游戏和生活中经常发生东西被卡住了的情况，这个时候该怎么办呢？每个孩子都有自己的办法。在《大树上的难题》一书中，当小弗的风筝被卡在树上的时候，他知道的唯一办法是扔东西到树上，把风筝打下来。但是，风筝和鞋子被卡住了，越来越大的东西被扔上去了，最后连消防车和鲸鱼都上去了，一切扔上去的东西都被卡住了。终于，风筝下来了，小弗开心了。那天晚上，他一定忘记了什么。这个简单的故事对于3—6岁的孩子来说充满了幽默感。孩子们会对下一步发生什么充满期待和想象。下一个被扔上去的是什么？小弗会把风筝拿下来吗？在猜测中感到乐趣。故事把生活中不可能一起出现的消防车、鲸鱼等都放到了同一棵树上，创造了一个新的王国。

　　即便到最后，故事仍然没有结束，晚上，在树上的这些东西会发生什么？孩子的讲述、画画都是极好的创造。

　　当孩子熟悉了故事，大人可以和孩子一起猜测下一个被扔上去的是什么。你也可以问问孩子，如果换成他，怎么把风筝拿下来呢？孩子们肯定知道小弗的办法太笨了，有没有更好的办法呢？

　　在孩子成长的过程中，难免会出现很多问题，看似无厘头的故事给孩子们一个机会，从别人的身上发现问题，在笑声中学会反思，这也是这个故事的一大魅力吧。

有一种想象力叫作"肆无忌惮"

儿童早期阅读研究专家　孙莉莉

　　故事的开始是平淡无奇的，就像所有人都会遇到的那样，只不过是一个普通的小男孩小弗，把一个普通的风筝卡在了一棵普通的树上。接下来，小弗当然像所有孩子一样，把自己的一只鞋子扔上去想把风筝打下来，然后是另一只鞋，接着是一只小猫。直到这里，也不过是普通的桥段，因为我们总是为了一个小小的错误而一再犯傻，孩子是这样，大人也是如此，直到，我们找到真正的解决办法，比如，一架梯子。我们以为小弗会把梯子竖好，一步一步爬上去，把风筝、鞋子以及小猫都救下来，完成一个有始有终皆大欢喜的故事，并且告诉我们一个道理：遇到困难不要慌，要积极动脑筋想办法，找到合适的工具才能解决问题。

　　但实际上，小弗没有这么做，因为一个好的故事是不允许作者这样不负责任地结束的。小弗继续按照自己的思路去做，用梯子打风筝，结果呢，梯子也留在了树上，接下来是油漆桶、鸭子、椅子、自行车……这次小弗不是为了打风筝，因为梯子是借来的，所以扔油漆桶是为了打梯子，扔鸭子是为了打油漆桶，扔椅子是为了打鸭子，扔自行车是为了打椅子。小弗做了一切他能做的事情，因为他是一个守信用的好孩子，他不能借人东西不还啊……只不过，事情的发展越来越超出控制。至于小弗还扔了什么来解决自己的困境，我只能告诉你，很多很多，多得超乎你的想象，甚至连汽车、房子、犀牛、轮船、鲸鱼都被他扔到了树上。

　　这当然引发了骚乱，骚乱惊动了消防员。

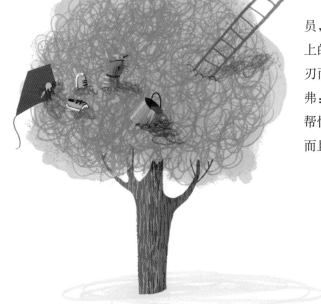

　　看到这里，你一定松了一口气，对啊，消防员，他们不是最会解决这类问题吗？所有卡在树上的东西，只要消防员到来，一切问题就可以迎刃而解了。消防员也这么认为，所以他们来问小弗：有什么可以帮忙的吗？小弗当然需要他们的帮忙，所以，消防车和消防员也被扔到了树上，而且和前面所有那些东西一样，被卡住了。

　　连万能的消防员都被卡住了，小弗无疑陷入

了彻底的困境，但是，我们都知道，事情总会否极泰来，现在，转机一定就要出现了。果然，小弗终于想出了办法——一把小锯子。可是，这把锯子似乎也太小了！有总比没有强，那么，小弗是不是要重演"铁杵磨成针"的故事，用这把小锯子把这棵承载了那么多庞然大物的大树锯倒呢？我们又猜错了，原来小弗的想法从来没有变过，他只是继续把小锯子扔上去，而大树上实在没有空间了，风筝掉了下来，小弗又可以开心地玩风筝了。多么完美的结局啊！至于大树上那些家伙呢？恐怕他们只能自己想办法了。

这是一个调皮的作者写的调皮的故事，他似乎早就猜到了我们的想法，每一次都在我们以为这样的时候，却用那样的方式来回答我们。他用儿童简单、直接、执着、执拗的思维方式来挑战我们的想象力。作者奥利弗·杰夫斯是一个非常会讲故事的人，他用英式的冷幽默不动声色地让大小读者在一次又一次出其不意中笑破了肚皮，感受到文学的魅力，走进一个肆无忌惮的想象王国。在那里，孩子们尽可以把想象和现实充分混淆，然后体会这种只有想象才能带来的快乐。

所以，我们一定不能辜负作者的一番苦心，在我们陪着孩子阅读这本书时，不妨从两个方面下下功夫。首先，我们要在那几个异于常理的地方稍作停顿，给孩子反应的时间，让孩子体会出其不意的乐趣，简单的停顿就可以调动孩子的思维，让他们主动地去猜测故事的走向，养成一边阅读一边思考的好习惯。其次，既然我们走进了这个肆无忌惮的想象世界，那么就跟着小弗一起来吧：在消防员到来之前，小弗还有可能把什么东西丢到树上啊？在小弗抱着风筝心满意足地睡觉以后，大树上还会发生什么呢？他们是如何想办法下来的呢？又或者第二天小弗起来是如何帮助他们下来的呢？再或者就在小弗睡觉的时候，大树上又发生了什么好玩的事情呢？相信在作者的带动下，孩子们关不住的想象力早就跃跃欲试，要编一个属于自己的好玩故事了吧。作为一名幼儿园教师，我已经迫不及待地想在我的班级里放上一棵"什么都能卡住的大树"了，我想我的孩子们一定会把很多很多东西"丢到"这棵神奇的大树上，接下来就会有无数好玩的故事在教室里上演了。

那么，小读者们，你们的爆笑、神奇、没完没了的故事就要开始了吗？我就在肆无忌惮的想象王国里等你们哟！

来自英国的色彩诗人，绘本顽童奥利弗·杰夫斯

奥利弗·杰夫斯荣誉榜：

英国十大图画书作家称号

联合国教科文组织世界读书日官方指定画家

英国图书信托基金会幼儿读物奖

爱尔兰儿童图书优秀童书奖

英国雀巢聪明豆儿童图书奖金奖

英国蓝彼得图书奖

英国凯特·格林纳威儿童图书提名奖

红房子儿童图书奖

爱尔兰年度童书奖

E.B.怀特朗读绘本奖

经典代表作隆重上市！